Les Hauts de Hurlevent

FichesdeLecture.com

Les Hauts de Hurlevent (Fiche de lecture)

I. INTRODUCTION

Les Hauts de Hurlevent est le premier et unique roman d'Emily Brontë. Il paraît pour la première fois en 1847, sous le titre original de *Wuthering Heights*, et sous un pseudonyme littéraire, celui d'Ellis Bell.

Aujourd'hui encore, c'est l'un des romans les plus lus et adaptés sous toutes ses formes, et ses héros sont restés très célèbres, en particulier Heathcliff.

II. RÉSUMÉ DU ROMAN

L'histoire est racontée par M. Lockwood, qui participe aussi à l'intrigue, de manière secondaire. Sa servante, Nelly Dean, raconte une partie du roman, et son récit est alors imbriqué dans celui de Lockwood.

En 1801, Lockwood arrive à Thrushcross Grange, une demeure louée à un certain Heathcliff, qui possède aussi les Hauts de Hurlevent, non loin de là dans la lande. Alors qu'il se rend aux Hauts pour rencontrer Heathcliff, Lockwood est très mal accueilli par ce dernier, qui se montre froid et distant avec lui et peu soucieux des convenances sociales. L'accueil est donc glacial, d'autant que les habitants des lieux se montrent très hostiles entre eux, ce qui laisse Lockwood perplexe.

Les circonstances font qu'il est contraint de rester pour la nuit. Dans la chambre qui lui est attribuée, Lockwood découvre le journal d'une femme, Catherine Earnshaw, qui était apparemment une amie d'enfance de Heathcliff. Pendant la nuit, Lockwood fait un cauchemar affreux, dans lequel le fantôme de Catherine lui apparaît à la fenêtre et le supplie de la laisser entrer. Cela réveille Heathcliff : il entre dans la chambre de son invité, lui demande d'en sortir, et Lockwood l'entend sangloter tout en disant à « Cathy » d'entrer...

Le lendemain, Lockwood retourne dans sa Grange. Il demande alors à Nelly Dean de lui en apprendre plus sur Heathcliff, Catherine, et les Hauts de Hurlevent plus généralement. Sa servante prend alors le relais et lui raconte toute l'histoire. Trente ans auparavant, le propriétaire des lieux, M. Earnshaw, avait alors deux enfants, Hindley et Catherine. Il ramène un jour à la maison un jeune garçon des rues, Heathcliff, qu'il décide d'élever comme son propre fils. Après une difficile adaptation, Catherine et ce dernier deviennent inséparables, mais Hindley continue de le détester et de lui faire subir toutes sortes de brimades, agacé par la présence de celui qu'il considère comme un rival.

Après le décès de M. Earnshaw trois ans plus tard, Hindley devient le maître des lieux, avec sa femme Frances. Il continue d'attaquer Heathcliff en permanence, et le fait durement travailler. Pendant ce temps, Catherine se rapproche d'une famille des environs, les Linton, qui vivent à Thrushcross Grange, et qui apprivoisent cette jeune femme un peu sauvage. Cathy est très attirée par le jeune Edgar Linton, qu'Heathcliff abhorre rapidement.

Un an plus tard, Frances meurt après avoir donné naissance à un fils, Hareton. Hindley se met à boire et se montre de plus en plus dangereux, jusqu'à faire tomber l'enfant depuis le haut des escaliers.

Catherine prend la décision de se marier avec Edgar, en pensant notamment que lui et Heathcliff se rapprocheront, et que cela permettra à Heathcliff d'être retiré des griffes de Hindley.

Heathcliff est dévasté et s'enfuit, sans avoir compris la stratégie de Catherine, qui a en fait des sentiments pour lui. Catherine désespérée tombe malade. Les Linton prennent soin d'elle à Thrushcross Grange, mais M. et Mme Linton attrapent la maladie et meurent. Après les soins prodigués par Edgar, elle se remet sur pied et peut l'épouser.

Tout va à peu près bien, jusqu'au moment où Heathcliff revient. Il a beaucoup changé et veut se venger d'Edgar, qui l'a séparé de Catherine.

Mais Catherine meurt après l'accouchement d'une petite fille, Cathy, fille d'Edgar. Heathcliff reperd le contrôle, plus désespéré, aigri et furieux que jamais. Il se venge d'Edgar et d'Hindley et parvient à récupérer le domaine des Hauts de Hurlevent. Il épouse et fait fuir Isabelle, la sœur d'Edgar, en la maltraitant, afin de se positionner pour l'héritage de la demeure d'Edgar. Ils auront un fils ensemble, Linton.

Lorsqu'Edgar meurt, Cathy est sa seule héritière. Heathcliff orchestre la rencontre et l'amour entre Cathy et Linton, et il finit par forcer cette dernière à épouser son fils. Linton décède rapidement, mais il est trop tard pour

Cathy : Heathcliff a récupéré tous ses biens, dont le domaine que Lockwood loue désormais. Ce dernier décide de repartir pour Londres, après avoir entendu cette terrible histoire. Nelly continue de raconter les évènements.

Cathy et le rustre Hareton tombent amoureux, et ce dernier essaie de protéger la jeune femme des violences de Heathcliff. De toute façon, ce dernier est frappé par leur ressemblance à Catherine, et finit par ne plus pouvoir se venger. Il commence à voir le fantôme de Catherine lui apparaître…

Il se terre alors dans sa chambre, ne mange plus et se laisse mourir.

En 1802, alors que Cathy va épouser Hareton, un garçon arrive, terrorisé, et clame qu'il a vu Heathcliff dans la lande, en compagnie d'une femme. Le roman s'achève sur les trois tombes d'Edgar, Catherine et Heathcliff.

III. PRÉSENTATION DES PERSONNAGES PRINCIPAUX

Heathcliff

Heathcliff est un orphelin ramené chez lui par M. Earnshaw afin d'être élevé avec ses deux enfants. C'est un jeune homme très sauvage, qui incarne une force naturelle (ou surnaturelle, selon certains lecteurs) presque menaçante pour la société de son époque. Mais il est profondément lié et dévoué à Catherine, ce qui provoquera une haine sans bornes à tous ceux qui se mettront entre elle et lui.

Après avoir été maltraité par Hindley, Heathcliff est humilié par l'annonce du mariage de Catherine, ce qui va déclencher sa quête de vengeance. C'est un personnage puissant, féroce et souvent même cruel, mais dont le retour va souligner les capacités d'adaptation et l'intelligence en termes de manipulation. Après son absence, il revient plus athlétique et maîtrisé que jamais.

Catherine Earnshaw

(Catherine pour Edgar, Cathy pour Heathcliff)

Fille des Earnshaw et sœur de Hindley, elle est l'âme sœur de Heathcliff. Elle dit même qu'ils sont une seule et même personne. Pourtant, elle accepte d'épouser Edgar Linton, avec qui elle aura une petite fille, Catherine.

Jeune, Cathy Earnshaw est une enfant au caractère sauvage, parfois arrogante, et qui ne sera jamais complètement « domptée » avec l'âge, restant celle qui jouait dans les landes avec Heathcliff.

En tout cas, avant sa mort prématurée, Cathy est une très belle femme, déchirée toutefois entre sa passion pour Heathcliff et son désir de progresser socialement.

Catherine Linton

Fille de Catherine et Edgar, elle a tout de sa mère sauf son caractère sauvage. Elle épouse Linton, puis Hareton.

Edgar Linton

Edgar est un jeune homme bien élevé, mais très gâté lorsqu'il était enfant. Il devient un homme tendre et attentionné, mais aussi lâche. Il a tout du parfait gentleman, ce que l'on voit dans la description qu'en fait Catherine : beau, riche, bien élevé, cultivé, raffiné.

Ellen/Nelly Dean

Avec Lockwood, elle est une narratrice importante de l'histoire. Elle a servi les Earnshaw et les Linton pendant toute sa vie, et connaît donc toute l'histoire. C'est une femme intelligente, indépendante d'esprit et objective dans son observation des caractères et de la psychologie des personnages. Ses sentiments pour ceux qu'elle observe peuvent parfois rendre la narration plus compliquée.

Hareton Earnshaw

Fils de Frances et Hindley, il est donc le neveu de Catherine. Lorsque son père meurt, Heathcliff s'occupe de lui mais l'élève en travailleur rustre, sans lui donner d'instruction particulière. Il devient l'instrument de vengeance d'Heathcliff.

Hareton est donc illettré et a mauvais caractère, mais il a bon cœur et au final, il épousera Cathy.

Isabelle Linton

La sœur d'Edgar Linton se marie avec Heathcliff. Ils ont un fils ensemble, Linton Heathcliff, mais leur union se révèle désastreuse. Son mari la traite très brutalement, et elle finit par tant le haïr qu'elle préfère partir.

Hindley Earnshaw

Frère de Catherine et fils unique des Earnshaw, Hindley se sent immédiatement menacé par l'arrivée du jeune Heathcliff, et se comportera brutalement et cruellement avec lui pendant toute son existence, notamment après la mort de son père. Il devient alcoolique et violent suite à la mort de sa femme Frances.

Lockwood

Avec Nelly, il est le narrateur de l'histoire. Gentleman londonien, il contraste totalement avec la ruralité des caractères de certains des personnages. Ce n'est pas un personnage foncièrement sympathique, d'autant qu'il méprise facilement ceux qu'il observe. Il n'est donc pas à même de comprendre ce qui est en train de se passer dans la lande.

IV. AXES D'ANALYSE DE L'ŒUVRE

La violence d'une passion

Les Hauts de Hurlevent sont une œuvre qui souligne le côté destructeur d'une passion telle que celle qui se développe entre Heathcliff et Catherine. Cet amour éternel est au centre de l'histoire, et constitue un moteur puissant de développement de l'intrigue et des conflits entre personnages.

Lorsque Nelly commence sa narration à la suite de Lockwood, elle n'hésite pas critiquer assez sévèrement les deux amants, en condamnant une passion si violente qu'elle en devient immorale. Mais c'est aussi l'une des forces du roman, et sa dimension qui marque le plus le lecteur.

En réalité, on ne peut déterminer clairement si Emily Brontë souhaite que l'on condamne ou que l'on idéalise ses deux personnages : sont-ils immoraux ? Sont-ils des héros romantiques qui font fi des normes sociales par pur amour ? Notons cependant qu'une seconde histoire d'amour nous est proposée, qui se finit par une situation autrement plus apaisée et équilibrée : celle entre la jeune Catherine et Hareton.

L'amour de Catherine et Heathcliff est, en tout cas, très particulier. En effet, il repose rapidement sur l'idée fondamentale que leurs perceptions, leurs âmes presque sont identiques. Catherine déclare d'ailleurs qu'elle « est Heathcliff », ce qui est lourd de signification. Leur amour est presque asexué, tant il repose sur la fusion, jusqu'à devenir une seule et même personne, d'où sa violence.

Le surnaturel dans l'oeuvre

Plusieurs éléments surnaturels, mais aussi de tradition gothique, apparaissent dans l'œuvre : le fantôme de Cathy, bien évidemment, et ce dès la première nuit de Lockwood aux Hauts de Hurlevent. Mais on trouve aussi un autre élément porteur de cette tendance : le personnage de Heathcliff en lui-même, car il est souvent comparé à une incarnation diabolique, et constamment décrit avec des traits de démons ou de Diable, notamment pendant ses jeunes années. On trouve aussi quelques références à des goules et vampires dans ses descriptions.

La thématique du double

Nous l'avons dit, Catherine et Heathcliff apparaissent comme les deux moitiés d'une même personne, d'une même âme.

En réalité, on remarque tout au long de l'œuvre que l'auteur a organisé les éléments de son histoire de telle sorte qu'ils fonctionnent par paires ou par divisions en deux : Catherine est divisée entre deux types d'aspirations, incarnées par deux hommes ; les demeures des Hauts de Hurlevent et de Thrushcross Grange semblent se répondre et être indissociablement liées ; le roman lui-même a recours à deux narrateurs ; les familles Linton et Earnshaw sont en interaction constante malgré leurs valeurs originellement différentes, au point qu'elles finissent intriquées de manière presque indissociable.

Nature et culture

Il y a souvent opposition, dans le roman, entre le côté sauvage de la nature et des tempéraments d'une part, et le caractère civilisé d'autres personnages ou lieux.

La nature est représentée par la famille Earnshaw, notamment à travers Heathcliff et Cathy, qui ne sont gouvernés que par leurs pulsions et passions, pendant des années. Même la demeure de leur enfance est porteuse de ce caractère « sauvage » et indompté.

À l'inverse, la famille Linton incarne le raffinement, la culture, et les conventions sociales.

Beaucoup de pistes différentes rendent difficile l'interprétation de cette opposition entre nature et culture. Avec les chocs et liens entre ces deux familles, laquelle de ces deux notions impacte le plus l'autre ? Brontë nous laisse de nombreuses pistes...

Dans la même collection en numérique

Les Misérables
Le messager d'Athènes
Candide
L'Etranger
Rhinocéros
Antigone
Le père Goriot
La Peste
Balzac et la petite tailleuse chinoise
Le Roi Arthur
L'Avare
Pierre et Jean
L'Homme qui a séduit le soleil
Alcools
L'Affaire Caïus
La gloire de mon père
L'Ordinatueur
Le médecin malgré lui
La rivière à l'envers - Tomek
Le Journal d'Anne Frank
Le monde perdu
Le royaume de Kensuké
Un Sac De Billes
Baby-sitter blues
Le fantôme de maître Guillemin
Trois contes
Kamo, l'agence Babel
Le Garçon en pyjama rayé
Les Contemplations

Escadrille 80

Inconnu à cette adresse

La controverse de Valladolid

Les Vilains petits canards

Une partie de campagne

Cahier d'un retour au pays natal

Dora Bruder

L'Enfant et la rivière

Moderato Cantabile

Alice au pays des merveilles

Le faucon déniché

Une vie

Chronique des Indiens Guayaki

Je voudrais que quelqu'un m'attende quelque part

La nuit de Valognes

Œdipe

Disparition Programmée

Education européenne

L'auberge rouge

L'Illiade

Le voyage de Monsieur Perrichon

Lucrèce Borgia

Paul et Virginie

Ursule Mirouët

Discours sur les fondements de l'inégalité

L'adversaire

La petite Fadette

La prochaine fois

Le blé en herbe

Le Mystère de la Chambre Jaune

Les Hauts des Hurlevent

Les perses

Mondo et autres histoires

Vingt mille lieues sous les mers

99 francs

Arria Marcella

Chante Luna

Emile, ou de l'éducation
Histoires extraordinaires
L'homme invisible
La bibliothécaire
La cicatrice
La croix des pauvres
La fille du capitaine
Le Crime de l'Orient-Express
Le Faucon malté
Le hussard sur le toit
Le Livre dont vous êtes la victime
Les cinq écus de Bretagne
No pasarán, le jeu
Quand j'avais cinq ans je m'ai tué
Si tu veux être mon amie
Tristan et Iseult
Une bouteille dans la mer de Gaza
Cent ans de solitude
Contes à l'envers
Contes et nouvelles en vers
Dalva
Jean de Florette
L'homme qui voulait être heureux
L'île mystérieuse
La Dame aux camélias
La petite sirène
La planète des singes
La Religieuse

À propos de la collection

La série FichesdeLecture.com offre des contenus éducatifs aux étudiants et aux professeurs tels que : des résumés, des analyses littéraires, des questionnaires et des commentaires sur la littérature moderne et classique. Nos documents sont prévus comme des compléments à la lecture des oeuvres originales et aide les étudiants à comprendre la littérature.

Fondé en 2001, notre site FichesdeLectures.com s'est développé très rapidement et propose désormais plus de 2500 documents directement téléchargeables en ligne, devenant ainsi le premier site d'analyses littéraires en ligne de langue française.

FichesdeLecture est partenaire du Ministère de l'Education du Luxembourg depuis 2009.

Plus d'informations sur www.fichesdelecture.com

ISBN: 978-2-511-02990-9

Notes :